ÈQUE POPULAIRE.

I0686435

# L'ONCLE SCIPION.

# LE CAPITAINE TRICORNE.

## MAISON DES ORPHELINS,

Allées des Noyers, 26.

BORDEAUX.

1850.

**BORDEAUX,**

CHEZ HENRY FAYE, IMPRIMEUR, RUE SAINTE-CATHERINE, 139.

# L'ONCLE SCIPION.

Il y avait tout dernièrement un M. Scipion, jadis gros négociant de la rue aux Ours, à Paris, qui vivait, depuis cinquante-deux ans, au fond d'une vallée des Alpes de Savoie, derrière le Mont-Blanc, et voici pourquoi :

M. Scipion, dans sa jeunesse, avait fort goûté les livres de Jean-Jacques; il s'honorait d'avoir envoyé un quatrain à Ferney, à quoi Voltaire répondit par une demi-page de moqueries. Cet encouragement échauffa la tête du jeune philosophe; mais, dès qu'on fit mine de la lui couper en 1793, il se sentit tellement ébranlé dans ses opinions, qu'il courut tout d'une haleine à Genève, et de Genève au milieu des Alpes, s'y croyant à peine à l'abri des grandes libertés qu'on prenait alors.

Il trouva dans cette vallée dix bergers et cent vaches, qui portaient le joug du roi de Sardaigne, mais qui, vivant d'ordinaire à douze mille et tant de toises au-dessus du niveau de la mer, ne savaient ce que c'était que la maréchaussée. On ne demanda point à Scipion pourquoi il avait quitté son pays, et ces bons montagnards, gens et bêtes, furent bientôt ses amis. Frère Paul s'attacha particulièrement à lui, et ce dernier mérite d'être connu.

Frère Paul était un orphelin qui gardait les troupeaux, dans la belle saison, sur les Hautes-Alpes. Un vieil ermite, qui l'avait pris en amitié, le menait quêter avec lui et lui montrait à lire. L'ermite mourut, Paul lui succéda, c'est-à-dire qu'il hérita de l'ermitage, du froc et d'un livre d'heures; de là son nom de frère Paul, bien qu'il continuât à garder ses bêtes. Au reste, ce n'était qu'un enfant haut de cinq pieds dix pouces, bâti à merveille, leste, fort à proportion, et d'un cœur aussi pur que l'air qu'il respirait dans ses montagnes.

L'oncle Scipion et frère Paul semblaient faits l'un pour l'autre, car ils ne se quittaient point. Si l'on voyait l'un déboucher d'un tournant, c'est que l'autre n'était pas loin; et quand l'oncle Scipion discourait en marchant, frère Paul volontiers écoutait quelque part.

Jusque-là, par le bon air et l'exercice, l'oncle Scipion se maintenait vert et gaillard; toutefois il vieillissait, et son grand chagrin fut qu'il craignait de mourir sans revoir sa patrie. Frère Paul, partageant ce chagrin, faisait sur la France et sur Paris force questions saugrenues, car il n'avait jamais lu que son livre d'heures.

Il arriva tout à coup, sous la forme d'un petit papier vieilli à la poste, un événement qui troubla la paix de la vallée : c'était une lettre adressée à l'oncle Scipion par son neveu Dumarsouin, établi à Paris.

Comment ce neveu put-il penser à son oncle, qu'il n'avait jamais vu? Cela tenait simplement à ce que l'oncle Scipion passait pour riche dans le temps qu'il vendait du drap, et l'on croyait qu'il était sorti de France avec une grosse fortune en portefeuille.

Il y avait du vrai à cela; mais la plupart de ces papiers avaient perdu leur valeur par suite des événements politiques; la fortune s'était réduite à quelques milliers de livres, au moyen de quoi l'oncle Scipion était encore devenu le plus gros seigneur du canton qu'il habitait. Il possédait en propre une maisonnette bien bâtie, un jardin, un troupeau, et, par-dessus tout, l'amitié de frère Paul, qui ne lui avait rien coûté.

Celui-ci fut le premier averti de l'arrivée de la lettre. On s'assembla pour la lire; tous les voisins en furent, y compris Catherine, la fille qui gardait les vaches. La lettre parlait ainsi :

« Paris, 30 juin 1844.

» Mon cher et excellent oncle.....

( Cette première ligne émeut l'oncle Scipion, à qui personne n'avait rien dit de si tendre depuis un demi-siècle. En effet, nul ne pensait, comme son neveu, qu'il eût encore quinze mille livres de revenu. Mais l'oncle Scipion, à mille lieues d'un tel commentaire, sentit une larme rouler dans ses yeux. )

» Mon cher et excellent oncle,

» Vous approuverez les motifs qui m'ont engagé à respecter votre long silence. Je devais attendre que le souvenir de votre dévoué neveu se présentât à votre pensée; et que d'années se sont écoulées dans cette attente!

» Je ne puis retenir enfin le cri du sang; dois-je espérer qu'il ne sera point mal accueilli? Daignerez-vous, cher oncle, me rassurer sur la santé, le repos, le bonheur du frère chéri de ma pauvre mère?

» J'ai d'ailleurs d'excellentes raisons de vous écrire présentement. Je travaille depuis quinze ans à la fortune de ma famille; Dieu merci, elle est à peu près faite. Je suis à la tête d'une entreprise industrielle qui peut honorer mon pays en m'enrichissant. Tout me vient à bien.

» Cette heureuse situation me permet de vous rappeler instamment au milieu de nous, et de vous offrir ma maison et les soins empressés de ma famille. Il ne manque à notre bonheur que votre présence.

» Quel beau moment pour faire un tel voyage! Vous trouverez la France enrichie de cinquante ans de recherches, d'industrie et de progrès; c'est dire assez que vous ne la reconnaîtrez plus.

» Vous ne vous faites aucune idée de ce nouvel âge d'or: il faut le voir, il faut en jouir; et je ne me pardonnerais point, moi, votre neveu et l'un des flambeaux de l'industrie moderne, de vous laisser plus longtemps dans les ténèbres du temps passé.

» Depuis la plume que je tiens à la main jusqu'à la locomotive qui vous transmettra ma lettre avec la rapidité d'une flèche, tout en France est changé. Ce sera pour vous un voyage en pays de féerie, où se vont réunir, pour vous enchanter, à tant d'admirables merveilles, la vue du sol natal et la tendresse de vos petits-neveux qui vous tendent les bras, avec votre ci-joint, très-tendre et très-attaché.

» Achille DUMARSOUIN et Cᵉ,

» *Fondateur de la Société tintinnabulifuge, inventeur du caprifolicordéon, appareil commode et portatif, destiné à remplacer l'insupportable bruit des sonnettes.* »

Frère Paul, ayant achevé de lire la lettre à haute voix, leva la vue sur l'oncle Scipion, qui avait le visage tout brillant de larmes. Le bonhomme lui dit avec un soupir:

— Qu'en dis-tu?

— Je dis que parmi leurs inventions nouvelles, dont je

ne puis juger, ils ont au moins inventé des mots prodigieux, que je ne vis jamais ailleurs.

— Je parle des offres que me font ces braves gens. Je ne te cacherai pas, frère Paul, que je songe depuis longtemps à revoir la France. De mon temps déjà, j'ai ouï parler des changements merveilleux qui se préparaient dans ce beau pays. On saluait l'aurore de ce siècle des lumières ; M. de Voltaire...

— Dans le temps qu'on voulait vous couper la tête ?

—Ces orages ont disparu ; le grand soleil s'est enfin levé, à ce qu'il me semble. Je ne parle d'ailleurs que des progrès industriels. Il paraît que le luxe, quoique poussé dans les derniers raffinements, s'accommode à tous ; que les citoyens vivent mieux et à meilleur compte, et que l'invention, la production, la fabrication, la consommation, aussi bien que l'importation et l'exportation.....

— Qu'est-ce que cela vous fait ? dit frère Paul. Mais dites-moi, notre oncle..... — Allez-vous-en, vous autres, nous avons à traiter d'affaires.

— Frère Paul poussa les voisins jusqu'au delà de la porte, où il les laissa bavarder ; puis, revenant, il se tint debout devant l'oncle Scipion, et, le regardant fixement, il reprit :

— Que pensez-vous de cette bonne petite case, bien bâtie, bien doublée de sapin, chaude l'hiver, fraîche l'été ? N'y êtes-vous pas bien logé ?

— Il est vrai que j'y suis commodément et selon mes petites habitudes, dit l'oncle Scipion en promenant à travers la fenêtre un regard de complaisance sur son jardinet.

— Et n'êtes-vous pas décemment vêtu, avec ce bon habit de drap que je vous vois là ?

L'oncle Scipion abaissa les yeux sur ses manches.

— Je conviens qu'il m'a fait bon usage. Eh! justement, voici cinquante-quatre ans que je le mets le dimanche. Je l'apportai de Paris; il me coûta dix écus, sais-tu bien, frère Paul?

— Et quand vient le froid, n'avez-vous pas un gros surtout fourré qui vous met les oreilles à l'abri du vent?

— Si fait bien, je l'ai.

— Et dites-moi, notre oncle, quand nous revenons tous deux de tirer là-haut des coqs de bruyère, êtes-vous donc dégoûté des gigots braisés de Catherine?

— Elle y réussit, je l'avoue.

— Serait-ce alors que vous faites fi de ses grasses omelettes au beurre frais?

— Non, je te jure, frère Paul. Tu me fais venir l'eau à la bouche.

— Faut-il donc verser nos vins blancs dans la mare, arroser nos choux avec nos jattes de crème, ou voulez-vous jeter par la fenêtre nos belles tranches de jambon frit?

— Je n'ai pas dit cela, frère Paul.

— Et, s'il faut en parler, votre lit, que voilà, n'est-il pas mollet et bien chaud quand vous y entrez, après souper, par une grosse bise qui souffle dehors?

— Brrrr! fit l'oncle Scipion en se frottant les mains; il y fait bien bon.

— Hé donc! si vous avez bon gîte, bon couvert, bonne table, que faut-il de plus à un honnête homme?

— Tu as raison, mon ami, après toutefois que les besoins de l'âme sont satisfaits.

— Corne de bouc, s'écria frère Paul par entraînement oratoire; je les défie de rien inventer, hors de là, qui ait le sens commun.

— Tu n'en sais rien, mon ami; tu n'as pas voyagé, tu ne sais où peut aller le luxe.

— Le luxe! dit frère Paul intimidé, qu'est-ce que cela?

— C'est.... ce sont.... là..... ce sont des..... Comment dirai-je? Ce sont les choses dont on n'a pas besoin.

Frère Paul fit un saut.

— Sauf votre respect, notre oncle, la belle chienne de raison! Et à quoi cela sert-il, si l'on n'en a pas besoin?

L'oncle Scipion, se voyant repoussé, baissa la tête et sentit la nécessité de porter l'escarmouche sur un autre point.

— Et ce cher neveu qui a si grande envie de me voir et qui me le dit si joliment, crois-tu donc que je n'aurais pas aussi grand plaisir à le serrer dans mes bras?

— A la bonne heure.

— Faut-il que je lui ferme à jamais le cœur de son oncle?

— Je ne dis pas cela.

— Et que le fils de ma sœur ne trouve plus en moi qu'un homme dur et inaccessible?

— A Dieu ne plaise, dit frère Paul les larmes aux yeux, je n'ai rien à dire à cela. Partons, notre oncle; votre pays fût-il au bout du monde, je vous suivrai. Je me flatte d'aimer votre neveu autant que vous l'aimez vous-même, malgré ses inventions, s'il vaut en toute sa personne ce que vous valez dans votre petit doigt. Partons vite, allons, tôt, faisons nos paquets.

— Que dis-tu là, frère Paul? Si tu veux me suivre je suis tout décidé, car je n'aurais pu me résoudre à me séparer de toi.

— Laissez-moi seulement dormir une couple d'heures, et je suis à vous.

Catherine, qui entendait le propos, se mit vitement à pleurer, et le voisinage prit bientôt part à cette affliction.

L'oncle Scipion rangea sa maison, cousit ses vieux louis dans la doublure de sa veste, et commença de faire ses adieux à chacun.

Au point du jour, frère Paul le vint prendre, bien lesté, bien guêtré, bien sanglé, une pinte dans l'estomac, autant dans sa gourde, et un grand bâton à la main, comme un homme qui défie les quatre éléments.

— Ça, ça, disait-il aux bonnes gens qui étaient là, finissons de pleurer, vous me feriez pleurer aussi, et rien ne me met plus en colère.

Catherine promit de tenir tout en bon ordre, et de ne manger pain sur table qu'elle n'eût revu son maître sain et sauf, les jambes étendues au coin de son feu, en la place qu'il occupait d'habitude. Les habitants les accompagnèrent jusqu'à l'entrée de la vallée, où frère Paul leur chercha querelle, afin d'adoucir la cruelle séparation.

Voilà nos voyageurs en route. Tout alla bien jusqu'à Genève, et l'on trouva dans les chalets assez de fromage et de vin frais pour entrecouper agréablement les fatigues du chemin. A Genève, frère Paul ouvrit de grands yeux et commença de changer d'avis sur l'industrie des grandes villes; toutefois il n'eut guère le temps d'admirer, attendu que la diligence allait bientôt partir. Mais l'oncle Scipion voulut écrire un mot à son neveu pour le prévenir de son arrivée; il appela le garçon d'hôtel, et lui ayant demandé de l'encre et des plumes, l'homme iui apporta un bout de bois emmanché d'un bout de cuivre.

— Qu'est-ce que cela? dit l'oncle Scipion. Ah! ah! une plume de nouvelle invention.

— Il faut aussi, dit frère Paul, qu'on ait inventé de nouveaux oiseaux. Je n'en vis jamais de ce plumage.

L'oncle Scipion écrivit comme il put avec ce poinçon, et chafoura tout son papier, ce qu'il attribua au peu d'habitude.

Cependant frère Paul, ayant chargé sa pipe, demanda du feu au garçon, qui lui remit une boîte d'allumettes en lui disant:

— Vous n'avez qu'à frotter.

Frère Paul frotta, et faillit faire la culbute en voyant jaillir de l'allumette une pièce d'artifice.

— C'est commode, dit-il, s'il n'y a point à craindre de brûler vif.

La voiture étant prête on partit.

— On va bon train, disait frère Paul; nous gagnerons plus tôt la dinée. Je ne vous cache pas, notre oncle, que je me sens de l'appétit.

Après d'autres menus propos, on se trouva sur le territoire français, et l'oncle Scipion versa des larmes de joie; pour frère Paul, il regardait les champs par la portière.

— Mais, dit-il, je vois là des choux qui ne sont point hâtifs pour la saison; c'est sans doute une seconde cueillette, car on a certainement perfectionné l'agriculture.

— Il est vrai, dit un voyageur, qu'on a inventé de nouvelles charrues, de nouvelles herses, et nombre d'instruments qui généralement ne valent pas les anciens : mais la terre et l'ordre des saisons, voilà ce qu'on ne saurait retoucher. Nos progrès, s'appliquant pour la plupart au commerce, nuisent plutôt à l'agriculture, qui va tantôt manquer de bras. A peu de chose près, nous avons toujours des pluies en mars, des petits pois à la Saint-Jean, du vin en septembre, s'il plaît à Dieu, et quelque morceau de pain noir en tout temps à force de peine.

— Arrêtez! s'écria frère Paul à la vue d'une auberge; arrêtez! cocher du diable, que je mange un morceau!

— Il n'arrêtera point, dit le voyageur.

— Quoi! pour manger? c'est sacré, cela.

— Le moyen d'aller vite, si l'on arrêtait selon l'appétit. Il faut aujourd'hui que la diligence aille au train de la poste; vous ne voyez rien encore des nouveaux moyens de transport.

— Corbleu, grommela frère Paul, je voudrais qu'on me fît d'abord un nouvel estomac.

Cependant l'oncle Scipion dormait dans son coin.

— Messieurs, disait un Champenois en courant à la portière, messieurs, une bouteille de vin mousseux; rafraîchissez-vous!

— Donne, mon fils, dit frère Paul, et que la paix soit avec toi, qui as pitié des malheureux voyageurs.

Il prit la bouteille et la paya 3 fr., la trouvant un peu chère; il l'offrit d'abord à l'inconnu, qui remercia, puis à l'oncle Scipion, qui n'en dédaigna point quelques gorgées; puis enfin il l'emboucha tendrement, la haussant et la humant à mesure; mais le mouvement qu'il fit en levant le bras s'étant combiné avec un cahot de la voiture, il retomba lourdement sur sa banquette, et fut rejeté en l'air par une explosion horrifique qui fit paraître comme des flammes sortant d'entre les basques de son habit.

L'oncle Scipion, saisi d'horreur, se renversa dans le fond de la voiture.

— Vous avez écrasé votre briquet! s'écria le voyageur. — Au feu, au feu! cocher! arrêtez! criait frère Paul. — Brûlons le pavé, dit le conducteur, il faut que le nouveau service rentre à Paris à six heures un quart. — Vous n'y ramènerez que des cendres! disait l'oncle Scipion. — Le conducteur a raison, reprit le voyageur, on ne peut aller au gré de chacun. — Le diable vous emporte! criait frère Paul en éteignant le feu comme il pouvait; vous mériteriez tous que je vous laissasse griller avec ma culotte.

Enfin le feu fut éteint; mais frère Paul reconnut qu'il avait terriblement endommagé le vêtement dont il parlait. Il tâcha d'accommoder les pans de son habit de manière à dissimuler le dégât.

— Je veux croire, dit—il, qu'on fabrique aujourd'hui de bonnes culottes, et, par malheur, c'est ce que je suis en mesure d'expérimenter. — Aye! aye! aye! cria l'oncle Scipion. — Tout n'est—il pas éteint? demanda frère Paul.

Il regarda l'oncle Scipion, qui devenait fort pâle, pâlit à son tour, et cria comme lui : Aye! aye! en se tenant le ventre.

— Eh! quoi donc? dit le voyageur en portant ses yeux de l'un à l'autre. — Ouf! le ventre, disait frère Paul. — Oh! la tête! disait l'oncle Scipion. — Ah! messieurs, prenez garde! s'écria le voyageur en les poussant vers chaque portière. — Qu'est—ce que cela peut être? dit frère Paul; je me porte ordinairement si bien. — J'y suis, répondit le voyageur;

vous avez bu là du vin? — Du vin mousseux ! — N'en croyez pas le nom. Vieux style. C'est du poison. On faisait jadis ces vins avec du raisin ; mais ils se fabriquent aujourd'hui avec de la mélasse, de l'eau-de-vie, du jus de pruneaux, je ne sais quoi encore, et de l'acide carbonique. — Pouah ! fit l'oncle Scipion en remettant la tête à la portière.

On traversait en ce moment une ville où les messageries célérifères voulaient bien qu'on dînât en vingt minutes. — J'aurai bien le temps d'acheter une culotte, dit Paul au conducteur en lui montrant ses plaies ; je ne puis me présenter comme me voilà dans le salon de compagnie. — Dépêchez, dit l'homme ; je vous recommande le marchand du coin, qui vend ses nouveautés à bon prix.

Frère Paul y courut, et dit tout simplement en entrant :

— Monsieur, je voudrais une culotte. — Demandez, voyez, choisissez, monsieur. Dans quel genre? — En drap, en bon drap, de ces gros draps qui durent ; vous savez. — Du drap ! fi ! cela ne se porte plus ; nous avons beaucoup mieux : cuirs de laine, coutils, chaînes doubles, caoutchoucs, tissus anglais, trames nouvelles, imperméables, indestructibles, fortes comme un rempart, chaudes comme une ouate. Palpez-moi ce pantalon. — Cela sent bien mauvais, dit frère Paul ; il a été porté? — Nous avons ici certains caoutchoucs qui ont cette odeur. Voici qui ne sent rien, et dont vous ne verrez pas la fin. — Soit. Je suis pressé, aidez-moi.

Il enfourcha le vêtement, le paya sans marchander, et courut à l'auberge pour dîner au plus vite.

— Monsieur, lui dit l'hôte, la voiture vient de partir ; vous ne savez donc pas qu'elle fait à présent trois lieues à l'heure?

Frère Paul se mit à courir en criant après la diligence, qui fuyait à grand train, l'oncle Scipion criait de son côté, et le conducteur, criant plus haut encore, voulut bien enfin ouvrir la portière. Frère Paul, hors d'haleine, atteint le marchepied, et se jette d'un bond dans la voiture. — Crac! — T'es-tu blessé? dit l'oncle Scipion.

Frère Paul se retourna; la culotte neuve avait craqué sous l'effort, du haut en bas, dans le même lieu que la précédente. — Cuirs de laine, tissus, coutils indestructibles, s'écria-t-il, que le tonnerre les puisse brûler et ceux qui les vendent! Je repasserai certainement par cette route pour étrangler ce marchand. — Rien d'étonnant, dit le voyageur, ce sont des tissus à moitié prix et moitié coton. — Une étoffe neuve! répétait l'oncle Scipion émerveillé; nous avions autrefois de bons draps et de bons velours qui nous tenaient quinze ans durant à l'échine. — Beau mérite! dit le voyageur, on les faisait à force de temps et de bras, avec de belles laines, de bonnes soies, et on les vendait un louis l'aune. Aujourd'hui l'on travaille à la mécanique, on utilise le coton, la bourre, on fabrique cent balles par jour, et.... — Et l'on montre sa peau comme moi, interrompit frère Paul.

Le voyageur, pardonnant cette saillie à la mauvaise humeur de frère Paul, changea de propos.

— Voici la nuit. Dans quatre heures au plus tard nous arriverons au chemin de fer, et vous verrez là des merveilles; nous tomberons à Paris en un saut.

En effet, nos voyageurs fatigués avaient à peine fait un somme, qu'on arriva au lieu dit. Ils descendent dans un immense bâtiment qui ressemblait à une église, et frère

Paul, machinalement, cherchait le bénitier le long des murs.

— Voilà donc cette célèbre machine! disait l'oncle Scipion; j'en avez entendu parler, oui-dà. C'est une chose sans pareille, dit-on, pour les gens qui sont curieux d'expédier promptement un ballot de quincaillerie ou de cochenille. — Montez, messieurs, dit un homme galonné sur toutes les coutures.

Frère Paul le salua, le prenant pour un magistrat; mais ce n'était qu'un portefaix de l'établissement.

Voilà nos gens emballés dans un compartiment fort moelleux et bien rembourré, où frère Paul, voyant des femmes parmi la compagnie, s'occupa d'abord d'étendre avec soin les pans de son surtout.

— Enfin, dit-il, ne partons-nous point? — On est parti, dit le voyageur. — Eh quoi?

Il mit la tête à la portière, et voyant fuir les bords du chemin avec une prodigieuse rapidité :

— Hé! hé! s'écria-t-il, voici les champs et les moissons qui s'en vont à tous les diables! — C'est nous qui courons, dit le voyageur, et voilà qui est admirable. — Hé donc! bones gens, criait frère Paul à tue-tête, où courez-vous? Qui vous presse? Qu'allez-vous faire là-bas? Le feu est-il au logis? Sommes-nous chiens épouvantés traînant par sauts et par bonds un poêlon fêlé sous la queue? Aussi bien, nous enragerons. Hé! arrêtez! le diable m'emporte! Je ne suis guère pressé. Holà! cocher, arrêtez, je suis malade, la tête me tourne, le ventre me cuit! Qu'on me débarque! Qu'on me mette seulement les pieds en terre pour l'amour de Dieu; le reste suivra, s'il se peut. Au besoin, un âne me suffira un âne sans plus, entendez bien. O mon pauvre bourriquet! où es-tu? mon mignon, mon ami; nous irions l'un sur l'autre, pas à pas, broutant à loisir quelque chardon le long du fossé!

Les voyageurs, incommodés de ses cris, lui voulaient faire entendre raison.

— Eh! de grâce, reprit-il, dites-moi à quoi cela peut servir d'aller de ce train? Au nom du ciel, rentrez dans le bon sens; la main sur la conscience, ne vaudrait-il pas mieux mille fois s'en aller tranquillement, faisant vie qui dure, se ravitaillant aux bouchons, ou le long des prés cueillant la noisette, et s'arrêtant selon le besoin? — Et le commerce? dit le voyageur; vous êtes négociant à Bordeaux et vous m'envoyez du vin à Paris: zeste, vos barriques arrivent en un clin d'œil. Voulez-vous expédier une pacotille de jouets d'enfants? pst! l'éclair n'est pas plus prompt. — Mais quoi, dit frère Paul, faut-il culbuter un si grand nombre d'honnêtes gens pour échanger des polichinelles?

Il remit la tête à la portière et continua d'un ton dolent:

— Hélas! cela finira mal, notre oncle.. Heureux les goutteux! ils ont les deux pieds chaudement allongés sur un tabouret douillet, au coin du feu, et s'ils ne vont pas vite, du moins ne courent-ils pas risque de choir. Que ne suis-je à voyager dans mon lit, la tête sur un traversin? Notre oncle, ce n'est point une chose sûre que d'aller comme un trait d'arbalète au courant de l'air, les pieds pris dans une rainure comme les marionnettes de la foire.

Un horrible sifflet perçant les airs arracha d'autres cris à 'oncle Scipion.

— Il faut, dit frère Paul, que tous les brigands de la Forêt–Noire se soient donné rendez–vous ; mais hardi ! hu ! dia ! ils ne nous atteindrons pas. Serrez vos poches, notre oncle.

A l'instant, la voiture et les voyageurs s'engouffrèrent dans des ténèbres épaisses, où grondaient des bruits effroyables qui ressemblaient aux éclats prolongés du tonnerre. Il semblait qu'on traversât une caverne infernale, et des flammes sinistres rougissaient parfois les parois.

Frère Paul, dans le vacarme, criait de plus belle :

— C'en est fait de nous ! Que vous disais–je ? C'est ici l'entrée du four aux damnés. Tous les diables vont voletant sous forme de flammèches. Pouah ! sentez–vous qu'ils puent, les vauriens ? Recommandons–nous à Dieu, notre oncle.

Mais l'oncle Scipion était muet de terreur.

— J'ai beau écarquiller mes yeux, reprit frère Paul, je n'y vois que du feu. Ah ! du moins, si nous allons en enfer, soyons–y bientôt rendus. — Hé ! messieurs, rassurez–vous, dit le voyageur, ce n'est qu'une voûte. — Vous sentez déjà le roussi, lui répliqua frère Paul. Je ne raconterai guère ce que j'ai vu ici dedans. Nous voyageons dans la bouteille à l'encre. Là, là, où allons–nous, bonnes gens ? Père Scipion, si vous en réchappez, faites dire des messes pour le repos de mon âme, qui en aura bon besoin.

Mais tout à coup la grande clarté du jour reparut.

— Vous aurez fait un signe de croix qui a rompu la magie, dit frère Paul. — Ne voyez–vous pas dit le voyageur, que c'est un *tunnel,* c'est–à–dire un chemin qui passe sous terre, et qu'on y est en sûreté aussi bien qu'ailleurs ?

L'oncle Scipion, jusque–là glacé de frayeur, passa la tête à la portière, et dit enfin d'un air craintif :

— Cette machine, en somme, est assez commode; il ne s'agit que de s'y accoutumer, car on a plus de peur que de mal.

Comme il disait ces mots, on ouït un bruit extraordinaire.

— Ciel! s'écriaient les gens, un autre convoi qui vient à notre rencontre. — N'est-ce que cela? dit frère Paul; qu'on se range pour le laisser passer.

Hélas! un choc effroyable lui coupa la parole; ce ne fut qu'un cri. Les voyageurs se sentirent lancés en l'air comme des beignets qui sautent en poêle, et le malheureux frère Paul, cabriolant avec les autres à une hauteur prodigieuse, n'eut que le temps de s'écrier : Je demande pile!

Un silence lugubre suivit. On eût dit que le monde était anéanti à cent lieues à la ronde.

— Ah! du moins, sommes-nous arrivés? dit enfin dans les environs une voix dolente. — Est-ce vous notre oncle? demanda frère Paul étendu quelques pas plus loin dans un champ de pommes de terre.

Pour suivre l'allusion de frère Paul au jeu de croix-pile, l'oncle Scipion étant tombé *face,* demeurait sur la place tout moulu et tout aplati. Bientôt des cris plaintifs s'élevèrent de toutes parts. La compagnie était gentiment répandue en plein champ comme beau semis de chrétiens, et les débris de la machine gisaient tout fumants pêle-mêle. — Allons! cria le conducteur courant de l'un à l'autre, il n'y a pas grand mal; nous n'avons perdu que sept hommes; l'on en sera quitte pour des contusions, qui n'empêcheront pas de faire tranquillement le reste de la route à pied. — Notre oncle, s'écria frère Paul, si vous avez conservé seulement l'usage de quelque membre, ne me refusez par la joie de voir étrangler cet homme qui parle. C'est le vœu d'un mourant, chose sacrée, car assurément je n'en réchapperai pas.

Mais ni l'un ni l'autre n'aurait eu la force de faire ce qu'il disait. On les mit tous deux sur pied à grand'peine, et l'on ne remarqua même point, dans un tel désarroi, le mauvais état des chausses de frère Paul. Des gens des environs qui étaient accourus sur le lieu du désastre, s'étant émus de grande compassion pour les voyageurs, s'empressèrent de les secourir pour de l'argent. On offrit dans une maison voisine des cordiaux, des rafraîchissements. L'oncle Scipion demanda du lait, mais frère Paul pencha pour de l'eau-de-vie, et tous deux buvant en même temps, l'un fit la grimace et l'autre se serra la gorge. — Que me donnez-vous là? dit l'oncle Scipion. — Ah! dit le voyageur qui était près d'eux, vous vouliez peut-être du lait, du lait véritable, du lait de vache?— Eh quoi donc! est-ce un lait de poule? — C'est qu'il n'est plus en usage de vendre du lait pur. Le plus souvent même on le fabrique, on le remplace par une composition de farine, d'eau, de blanc d'œuf et de cervelle de cheval.

L'oncle Scipion laissa tomber sa tasse en crachant avec effort ce qu'il avait pris.

— Je me trompe, dit le voyageur par égard, ce n'est peut-être que de la cervelle de mouton. — Tenez, dit frère Paul, il faut aussi qu'on ait mis du cheval dans cette eau-de-vie, comme il n'y a qu'un cheval pour la boire.

Le voyageur la goûta du bout des lèvres, et reprit d'un air capable :

— Non, vous ne pouvez sentir là que les fortes épices qu'on y fait infuser avec du mauvais alcool pour brûler les en-

trailles des malheureux qui, comme vous, tombent en défail-
lance à la suite de quelque accident. Je vois que vous êtes fort
arriérés en ce qui touche l'industrie moderne. — Notre oncle,
s'écria frère Paul, retournons-nous en traire vos vaches.

Mais l'oncle Scipion ne pouvait se décider, aux portes de
Paris, à s'en retourner sans voir son neveu. Des voitures arrivèrent et transportèrent nos voyageurs jusque dans la ville.
La vue des édifices et les mouvements d'un peuple immense
leur firent oublier les traverses du voyage.

— Véritablement, dit l'oncle Scipion, Paris a bien changé;
je reconnais que tout ce qu'on en dit est au-dessous de la
vérité. Voilà de belles rues bien percées ; et quelles hautes
maisons de bonne mine! comme c'est grand! comme c'est
beau! Allons, courage, il faut croire qu'un mauvais sort a
jeté sur nos pas des préventions dont nous reviendrons.

Ils arrivèrent encore tout éblouis chez le neveu Dumarsouin.
Ce fut une scène touchante dont la fortune supposée de l'oncle Scipion redoubla l'attendrissement. Son neveu lui poussa
dans les bras successivement sa femme, ses enfants, ses bel-
les-sœurs et ses beaux-frères, en le priant de se considérer
comme chez lui.

Ces transports un peu calmés, l'oncle Scipion promena autour de lui des yeux étonnés. Il ne reconnaissait plus les gens
de commerce de ce siècle. De son temps, quoique bon bour-
geois et gros bonnet du négoce, il n'avait derrière son magasin qu'une arrière-boutique enfumée, meublée de vieux
chêne, où il mangeait et recevait ses amis ; il couchait dans
une soupente où tenait à peine son lit, tandis qu'il ne voyait
chez son neveu que meubles d'acajou et de palissandre, cris-

taux, bronzes, tentures; la maison d'ailleurs était toute neuve, toute fraîche, quoique d'un logement étroit, et toute reluisante de marbres, qui, à la vérité, n'étaient que peints. Il en demeura tout à la fois émerveillé, scandalisé, et convaincu que son neveu était fort riche.

— Mais quoi, mon ami, lui dit-il enfin, pour un modeste commerçant tu fais bien de la dépense dans ta boutique. — Boutique! mon oncle; que voulez-vous dire? Nous avons des magasins, encore ne sont-ils chez moi qu'en dernière ligne, car je suis lancé dans le haut commerce. — Magasins, soit. Mais tu y répands bien de l'argent inutilement avec ces meubles magnifiques. — Bah! cela ne coûte pas aussi cher que vous croyez. Le progrès, le progrès, mon oncle! Devinez combien coûtent ces fauteuils? 50 fr. pièce. — Véritablement! s'écria l'oncle stupéfait, voilà un merveilleux marché, et d'autant qu'il est pour la vie. — Ah! oui, dit le neveu; c'est un mobilier qu'il faudra renouveler l'an prochain. — L'an prochain! s'écria l'oncle, passant d'un extrême de la surprise à l'autre. — Corbleu! dit frère Paul, je vais me faire tapissier dans ce pays. — Cela n'a que de l'éclat, reprit Dumarsouin d'un ton simple.

Et tout en causant, frère Paul, que était fatigué, se laissant tomber sur un fauteuil, rebondit de la hauteur d'une brasse, et s'enfuit tout épouvanté en criant :

— Il y a quelqu'un là-dessous! — Non, dit le neveu, c'est un ressort élastique dont l'étoffe est rembourrée, et de même il y a du coton dans cette soie, je ne sais quels métaux dans ces bronzes, et du bois blanc sous cet acajou. Progrès, cher oncle. Vous en verrez bien d'autres. — Il est vrai, dit l'oncle humilié, qu'on ne se serait jamais avisé, dans l'antique ignorance, de rembourrer des fauteuils avec du fil de fer. L'on faisait tout sottement des étoffes de soie avec de la soie, et le bronze n'était que du bronze. — Tenez, notre oncle, dit frère Paul, parlez-moi de ma vieille escabelle de chez-nous là-bas : elle n'est qu'en sapin, mais c'est du sapin.

Cependant, comme Dumarsouin pensait avec raison que les voyageurs, après tant d'accidents, pouvaient avoir besoin de repos, il les mena dans leur appartement ; et, chemin faisant, ils admirèrent l'élégance de cette maison, qui avait été bâtie, selon le neveu, prodigieusement vite, avec grande économie de temps et d'argent. Toutefois, ils montèrent au cinquième étage, et trouvèrent là deux petites chambres encombrées de meubles, qui n'avaient pas dix pieds carrés, avec des alcôves où le jour pénétrait par un œil de bœuf. — Ouvrez la fenêtre, dit frère Paul en entrant, j'étouffe. — Il est vrai, dit Dumarsouin, que nous sommes un peu à l'étroit dans ce grand Paris : mais c'est encore ici qu'il faut admirer les raffinements de l'industrie moderne. Voyez comme nos architectes tirent un merveilleux parti d'un petit espace : ils vous mettraient dix familles dans une lucarne, tandis qu'on faisait autrefois de grandes vilaines maisons où l'on se perdait. Cet art a marché comme les autres.

Là-dessus le neveu Dumarsouin leur souhaita le bonsoir et les laissa seuls. Frère Paul, comme on sait, était fort grand, et de plus il avait la liberté d'allure et les mouvements brusques d'un campagnard habitué à vivre en plein air ; en sorte que, chacun étant retiré dans sa chambre, l'oncle Scipion l'entendait se cogner à chaque instant avec un bruit sourd suivi de juremens qu'il arrêtait eutre ses dents. — Paul, mon ami, lui dit-il, qu'as-tu donc à jurer si fort? je t'en ai repris bien souvent. — Ne savez-vous donc point, notre oncle, que je suis ici comme l'âme d'un grelot? je ne puis bouger que je ne sonne. Ceci n'est point une chambre, mais un cercueil : un mort peut-être y serait à l'aise. — Bonne nuit, frère Paul. — Dieu le veuille, notre oncle, et vous de même.

Comme la maison de Dumarsouin était dans un des quartiers les plus peuplés de Paris, le roulement des carrosses les empêcha longtemps de fermer l'œil, et la crainte de s'éveiller l'un l'autre fit qu'ils s'ennuyèrent chacun à part. Enfin, ils commençaient de lutter en ronflant avec le vacarme de la rue, quand un orage terrible éclata sur la ville : c'étaient des tonnerres, des torrents de pluie et des rafales qui faisaient rage parmi les cheminées. A ce bruit, l'oncle Scipion rouvrit un œil. — Entends-tu, frère Paul, comme l'orage gronde? — Est-ce que les carrosses seraient montés sur les toits? reprit l'autre à demi-éveillé. — Non, c'est une tempête; bien nous prend d'être à l'abri. La maison est toute neuve, à ce que m'a dit mon neveu.

Mais frère Paul était déjà rendormi.

— Ecoute, frère Paul, reprit l'oncle Scipion ; je crois que ce vacarme se fait à notre porte?

En effet, on frappait à la porte de leur chambre; et l'oncle Scipion, voyant que frère Paul était trop appesanti pour répondre, alla ouvrir lui-même. C'était le neveu Dumarsouin, en chemise, une chandelle à la main, tout troublé, et qui, sans songer même à se faire excuser, s'avança vivement. —

N'entendez-vous pas? Nous sommes menacés de quelque grand accident. — Et quoi donc? dit l'oncle Scipion. — Ce furieux orage qui ne cesse point. — Eh bien! que nous importe, puisque nous sommes à couvert? — Nous sommes à couvert! s'écria Dumarsouin. Et quoi! mon oncle, vous prenez les malheurs de votre neveu avec cette tranquillité! N'entendez-vous pas ces cloisons qui gémissent, ces escaliers qui chan-cellent, ces cheminées qui s'écroulent là-haut? Ne sentez-vous pas toute la maison qui tremble, et ne savez-vous pas qu'avec un vent comme celui-là, dans une maison comme celle-ci, nous pouvons être d'un instant à l'autre écrasés?

Frère Paul fit un saut dans son lit, qui le jeta tout un au milieu de la chambre.

— Une maison neuve! s'écria l'oncle Scipion consterné. Comment fait-on les maisons dans ce pays-ci? — On les fait comme vous voyez. Ce n'est pas le lieu de discourir. — Vous devriez plutôt demander, dit frère Paul dans son épouvante, non pas comment, mais pourquoi l'on en fait, des maisons. On serait plus sûrement au grand air, et cela serait aussi plus économique et plus vite fait. Je pense qu'on en viendra là.

Mais ils virent le neveu si abattu qu'ils n'eurent pas le courage de se plaindre, et l'accompagnèrent dans la visite qu'il faisait à chaque étage. Il n'y avait de dégradé que les chemi-nées, la toiture, les gouttières, les mansardes, le belvédère et quelques contrevents. — Allons, je crois que nous l'échap-perons encore pour cette fois, dit le neveu un peu ranimé.

Frère Paul, tout tremblant, en fut réduit à se trouver heu-reux de l'avoir échappée si belle, et l'on alla se recoucher sur le matin pour tâcher de dormir un peu.

Le lendemain, en l'honneur des voyageurs, on servit un déjeuner somptueux, et moins remarquable par la délicatesse des mets, que par la recherche et le luxe du service. On mangea des plats froids sur des réchauds bien brillants, et l'on but, dans des verres ciselés de toutes formes, des vins détestables, mais on fit honneur au festin par un grand appétit, et d'ailleurs la belle apparence invitait à manger.

Au dessert, comme on était d'assez belle humeur, Dumarsouin prit la parole :

— Ah çà, maintenant, mon très-cher oncle, nous allons parler d'affaires. Vous me voyez lancé à toutes voiles dans le courant de la fortune, et je vais vous donner quelque idée de mes principales entreprises. J'ai commencé dans un négoce modeste que j'abandonnerai sans doute, mais qui ne laisse pas encore de m'être utile, et j'ai là au bout de la cour mon ancien fonds d'épiceries et de produits chimiques. En second lieu, j'exploite en la compagnie de quatre hommes habiles une fabrique que je vous ferai voir aujourd'hui même; enfin je suis d'une troisième compagnie de commerce dont je vous donnerai l'explication. — Voilà bien des compagnies, dit frère Paul, il suffit qu'elles soient bonnes. — Celle-ci, dit Dumarsouin, est un effort de génie; c'est un système tout récent, et qui, peu pratiqué jusqu'à présent, nous promet des succès certains. Voici ce que c'est : dix, vingt, trente capitalistes réunissent des capitaux et forment une association formidable qui se rend maîtresse du commerce. Cette compagnie s'établit dans un local immense, elle emploie cinq cents commis-voyageurs dans les départements; on s'informe çà et là des fabricants gênés; la compagnie a de l'argent comptant; c'est le pistolet qu'on

leur met sur la gorge. Des soieries, des tissus à 5 fr. le mè-
tre, je suppose, on leur extorque à bas prix, et le lendemain
cette étoffe paraît derrière nos vitres à 45 sous l'aune. On se
l'arrache. Le petit marchand, qui ne peut la vendre qu'au
prix courant, ne la vend pas et ferme boutique; et la compagnie, qui réalise encore un bénéfice énorme sur la quantité,
bâtit sa fortune sur les ruines de je ne sais combien de débi-
tants réduits à rien. — Mais, dit frère Paul, ne la met—on
point aux galères? — Paix donc! s'écria l'oncle Scipion, ne
vois-tu pas que mon neveu en est? — Et je compte bien
que vous en serez aussi, mon oncle; je veux faire votre fortune avec la mienne, et je sais un certain magot qui fructi-
fiera, si vous le voulez, entre nos mains. Vous ne vous défiez
pas d'une pareille affaire? — Dieu m'en garde, et de toi
moins encore, mon cher neveu; mais je serais retenu par un
certain scrupule..... touchant ces pauvres gens qu'on mène à
l'hôpital. — Ce n'est que cela? que voulez-vous! Ils sont les
maîtres de n'y point aller. Chacun pour soi dans ce monde.
Si l'on s'arrêtait à ces misères, on ne ferait rien dans le commerce. N'avez-vous point d'autre raison? — Non, mon enfant, et si mon petit avoir t'est bon à quelque chose, j'en
serai charmé. — Sur ce, dit Dumarsouin charmé en se levant de table, je vais vous montrer notre fabrique, qui vous
donnera quelque idée des prodiges et de la prospérité de notre
industrie.

On monta dans la voiture de Dumarsouin (car Dumarsouin
avait une voiture), et l'on sortit de Paris. En traversant un
long faubourg qui avait envahi la campagne, Dumarsouin le
fit admirer aux voyageurs, parce que, disait—il, toutes ces

maisons, qui étaient des usines, des fabriques, des manufactures, attestaient les conquêtes et les progrès de l'industrie.

— Autrefois, dit-il, tout ce terrain n'était que prés, bocages et jardins de nul rapport. — Et qui peut-être sentaient meilleur, dit frère Paul en se bouchant le nez, car de toutes parts venaient des fumées d'une puanteur insupportable. — Ah! dit Dumarsouin, cela n'est rien; c'est qu'il y a là une tannerie, plus loin une fabrique de produits chimiques, et sur la gauche, cette maison que vous voyez est une fabrique de noir animal, où l'on amasse des os pleins de pourriture qui en font une vraie voirie. — Ah fi! dit frère Paul. — Mais quoi, dit Dumarsouin, les gens qui travaillent là y sont accoutumés; ils sont bien payés, et ces industries font le bonheur du peuple. Parlez-moi de cette agitation pour faire fleurir les états. Vous allez voir comme tous ces ouvriers vivent en bon ordre, heureux et contents.

Cependant le faubourg s'allongeait toujours, ce qui fournit à Dumarsouin de nouveaux sujets d'admiration sur l'agrandissement de la capitale; enfin on découvrit un bout de gazon, puis des arbres et puis la campagne.

— Je ne suis pas fâché de voir quelques choux, soupira frère Paul.

Dans un site enchanteur, sur les bords d'une rivière qui en cet endroit baignait dans ses contours de petites îles verdoyantes, à mi-côte d'une colline couronnée de vieilles futaies, s'élevait une charmante habitation d'un style ancien, qui jadis sans doute avait servi de maison des champs à quelque gros seigneur. Elle était environnée de jardins qui s'étendaient à souhait sur la hauteur, avec des terrasses d'une vue admirable sur la rivière et sur les plaines. — C'est ici, dit Dumarsouin. — Voilà, dit l'oncle, un séjour enchanteur. — Oui, dit le neveu, cela appartenait autrefois à quelque fainéant de président qui n'avait qu'à bayer aux corneilles pour se délasser de sa charge. Il avait fait ici des allées, des plates-bandes, de gentils bosquets, des bibliothèques et des cabinets de tableaux. Vous allez voir quel parti nous-avons tiré de cette bicoque.

Tout en causant, on entra dans la cour, où des bruits étourdissants mirent fin à la conversation, et l'on pénétra dans la maison, qui n'était plus qu'une seule et vaste enceinte.

Les voyageurs ne purent d'abord rien voir, aveuglés par les ténèbres, assourdis par le vacarme, étouffés par une fumée brûlante et fétide. Les grincements des machines, les coups sourds des marteaux, le grondement des rouleaux pesants, formaient une tempête infernale; et du fond de la caverne, au milieu des tourbillons de fumée, s'élançaient par intervalles des flammes éblouissantes.

Notre oncle! s'écria frère Paul, nous allons sauter. Hors d'ici ' nous cheminons comme là-bas.

Mais Dumarsouin les arrêta en éclatant de rire, et, s'étant peu à peu accoutumés à ces vapeurs suffocantes, ils commencèrent à distinguer les objets. A travers les rouages compliqués des machines, derrière ces noires pièces de fer et de bois, qui semblaient se mouvoir toutes seules comme des bêtes gigantesques, ils aperçurent enfin quelque apparence de formes humaines, des hommes, des femmes, des enfants à demi-nus, suants, livides, et qu'on aurait pu confondre avec les ressorts informes qu'ils faisaient mouvoir. Leurs yeux caves brillaient à peine sur des faces dégradées, noircies de cendre et de charbon, et la sueur qui ruisselait de leurs membres étiques s'allait confondre avec l'huile infecte qui graissait les rouages. Tous faisaient le même mouvement mécanique d'un air farouche et bestial, comme des animaux de ménagerie. Nul ne se détourna à la vue de la compagnie, et ils se donnaient en spectacle avec la stupide indifférence de ces idiots qu'on va voir dans leur loge. Quelques-uns soulevaient à temps égaux une lourde manivelle, qui avait plus de semblants d'intelligence qu'eux-mêmes; d'autres tournaient une roue; d'autres se tenaient tout nus, tout noirs, en des espèces de fourneaux ardents où eût cuit un bœuf, maniant des barres de fer rouge, et s'agitant dans ces flammes comme des martyrs dans une fournaise.

Les voyageurs, ouvrant les yeux sur ce spectacle, frémirent en eux-mêmes; puis frère Paul, frappant les mains l'une contre l'autre et les élevant toutes jointes vers le ciel : — Hé mon Dieu! qu'ont pu faire ces gens-là pour être jetés dans de tels tourments? Notre oncle, votre neveu tient boutique aux enfers. Eh quoi donc! arracher ces pauvres gens à leurs champs, au bon air, au soleil du bon Dieu, et les plonger tout vivants dans ces chaudières, voilà ce que vous appelez des progrès!

L'oncle Scipion, saisi d'horreur, n'osait dire un mot. — Vous n'y entendez rien, s'écria Dumarsouin impatienté; vous sentez encore votre village. Permettez que je vous explique le tout en détail : tous ces gens-là travaillent, prennent de la peine à la vérité, mais ils gagnent leur vie. — Morbleu! dit frère Paul, ils la perdent. — Admirez plutôt l'ordre, l'ensemble et les effets prodigieux de ces machines, reprenait Dumarsouin. Tenez, voyait ceci.

Il les fit arrêter devant une lourde pièce de fer perpendiculaire qui retombait avec fracas à coups égaux et précipités. — Ceci est un découpoir, une sorte d'emporte-pièce qui tranche une feuille de métal, comme vous voyez, en la façonnant, et qui, à chaque coup, fabrique sept boutons de guêtres. L'homme que voici ne fait que pousser et retirer la feuille à mesure; et comme cet homme est habile, il fait depuis le matin jusqu'au soir environ deux cent soixante-dix mille boutons de guêtres. En voici un autre employé à gouverner un ressort à coups de pouce; ce n'est qu'une habitude; elle est si bien prise chez lui, que son pouce droit, comme vous voyez, est devenu plus gros que toute la main. — Et combien gagne-t-il par jour? demanda l'oncle. — Trente sous; mais il n'a que cette occupation. — Otons-nous, dit frère Paul, il doit être enragé.

Et il sortit pour n'en point voir davantage.

Dumarsouin profita de son absence pour remettre sur le tapis la proposition qu'il avait faite à son oncle de lui livrer ses fonds, qui ne pouvaient manquer de s'augmenter en peu de temps; il n'était pas besoin d'adresse avec le bonhomme, qui se trouvait fort heureux d'être en état de rendre service à son cher neveu. — Ma petite fortune est à toi dès à présent, lui dit-il; tu n'as qu'à la mettre dans ton commerce.

Mais Dumarsouin, trompé sur cette fortune, et pour achever de le séduire, lui détailla toutes les expéditions dont il était chargé pour de lointains pays, et comme quoi l'on y gagnait gros; car, disait-il, sur une pièce de cent aunes de drap, envoyée en Perse en ballot, rien n'est plus facile que d'en rogner une vingtaine ; et de même pour les autres étoffes, les dentelles et les rubans ; il alla jusqu'à se vanter d'avoir envoyé dans les colonies une cargaison de vins précieux en bouteilles dont la plupart étaient vides. — Mais, dit l'oncle Scipion, ces pratiques-là ne doivent pas te rester — Il est vrai, dit Dumarsouin en riant, qu'elles se dégoûtent quelquefois ; mais le tour est fait, et l'argent est en poche.

L'oncle Scipion s'étonna quelque peu de ces façons d'agir, et surtout du ton leste de son neveu ; frère Paul, revenant en ce moment :

Es-tu malade, mon ami? lui dit-il.

Mais frère Paul lui lança un regard farouche sans répondre.

On reprit le chemin de la maison dans la même voiture élégante ; et comme il s'agissait de fêter l'oncle Scipion, surtout au moment de la négociation, Dumarsouin avait fait préparer un souper digne des repas précédents. En attendant qu'on se mît à table, la nuit était tombée, et l'oncle Scipion s'étonnait que la lumière ne fût point allumée. — Je vous gardais une surprise, lui dit Dumarsouin.

Il les fit descendre dans ses magasins, où bientôt deux hommes entrèrent, portant chacun au bout d'une perche une mèche allumée qu'ils ne firent que présenter au-dessus de chaque lampe, et tout à coup la flamme en jaillit avec un bruit surprenant.

Frère Paul était prêt à fuir.

— C'est ce que nous appelons du gaz, dit fièrement Dumarsouin en montrant ses magasins éclairés comme d'un beau jour. — C'est éblouissant! dit l'oncle, mais par quel prodige?

quel est le secret de cette clarté? Vous brûlez assurément des barriques d'huile. — Vous parlez de l'ancien système, reprit le neveu. Fi de vos quinquets puants! — Mais, dit frère Paul en flairant, on ne sent point roses à l'environ, et si c'est votre gaz qui répand ces parfums, ce n'est qu'un malhonnête. — Je veux dire, poursuivit Dumarsouin, que l'ancien éclairage entraînait beaucoup d'incommodités. — Il est vrai, dit l'autre, qu'en fait de commodités, celui-ci l'emporte. — Tais-toi, frère Paul, interrompit l'oncle, laisse parler mon neveu.

En ce moment on vint avertir que le souper était servi, et l'on se mit à table, où la conversation roula sur les affaires et les marchandises de la maison. Il fut question d'étendre une provision de tabac avec de l'ellébore noir, autrement dit *veratrum nigrum*, et l'on discuta s'il valait mieux y mêler de l'alun, du chlorure de mercure ou de l'oxyde de plomb, et s'il était mieux coloré avec du marc de café ou des feuilles de noyer; on demandait aussi s'il serait plus profitable de grossir les envois de farine avec du carbonate ou du phosphate de chaux, ou tout simplement avec des cailloux concassés, procédé récemment découvert et supérieur à tous les autres. On s'entretint encore d'une forte partie d'eau-de-vie destinée aux nègres de Saint-Domingue, où l'on devait infiltrer je ne sais quelle notable quantité d'acide sulfurique, autrement dit huile de vitriol. — Eh! quoi donc, demanda l'oncle Scipion, on ne fait plus le pain avec du blé? — Si vraiment, dit Dumarsouin, mais cela s'est beaucoup perfectionné, et l'on y ajoute à volonté du sulfate de cuivre, du sous-carbonate de magnésie, du sulfate de zinc du sous-carbonate d'ammoniac, du carbonate ou bi-carbonate de potasse, du sulfate et carbonate de chaux, ou, pour parler humainement, de la craie, du plâtre, de la chaux et de la terre de pipe.

A ce moment, frère Paul laissa tomber sa fourchette, et bientôt après se retira. Comme on sortait de table, Dumarsouin, saisissant le moment, reconduisit chez lui l'oncle Scipion, pour lui remettre l'affaire en tête, et le presser d'écrire en Savoie. Il fut grandement surpris et penaud, d'apprendre que l'oncle portait toute sa fortune avec lui, et qu'elle se réduisait à une centaine de louis; toutefois il osa les prendre.

Pour l'oncle Scipion, il livra son argent sans regret, sans arrière-pensée, se fiant à son neveu, qui devait l'enrichir, et s'endormit en faisant des rêves d'or; mais il fut bientôt réveillé par frère Paul, qui poussait de longs gémissements derrière la cloison. Il l'appela à diverses reprises : frère Paul, sans répondre, s'agitait de plus belle. L'oncle Scipion, fatigué d'appeler inutilement, se rendormit.

Au point du jour, frère Paul entra dans la chambre, pâle, tout habillé et l'air résolu.

— Notre oncle, dit-il, il nous faut partir d'ici. — Et pourquoi? mon ami. — Parce que nous y mourrons de faim. — Mais, cher frère, je n'aurais pas cru que tu fusses précisément menacé de cela, vu tes contenances à table. — Oui bien, nous mourrons de faim, notre oncle, car tout est empoisonné; tout étant empoisonné, nous ne mangerons plus, et cela ne peut nous mener loin. C'est pourquoi, si vous m'en croyez, nous irons déjeûner loin d'ici. Allons, sus, notre oncle, levez-vous. — Je ne saurais quitter si brusquement mon neveu; mais nous irons, si tu veux, faire une promenade matinale dans la campagne pour te remettre. Aussi bien je n'ai point l'estomac net, et ce qu'on a dit à souper sur le raffinement des comestibles m'a causé beaucoup de dégoût. — Levez-vous donc et marchons, et allons-nous-en bien loin, il nous viendra peut-être un bon avis.

L'oncle s'habilla à la hâte, en causant des merveilles qu'il avait vues depuis son arrivée; à quoi frère Paul, indigné, ne répliquait mot; et comme personne n'était encore levé dans la maison, ils sortirent sans qu'on pût les voir et les gêner dans leur dessein.

Ils parcoururent un grand nombre de rues jusqu'à la barrière, et marchèrent dans la campagne aussi loin qu'ils purent.

— Car, disait frère Paul, je sens de loin l'étable, et il me semble que je m'en retourne chez nous; ô Catherine! ô Louison! quand pourrai-je embrasser vos vaches, qui nous donnent de si bon lait? — Tais-toi, dit l'oncle Scipion, tais-toi donc, ce que tu dis-là m'aiguise l'appétit. — Et moi, dit frère Paul, je meurs de faim; faim ou poison, c'est tout un. Mais j'ai mon projet; nous voici loin, cherchons quelque cabaret isolé, nous mangerons une salade. Je compte qu'ils n'auront pas perfectionné l'herbe des champs.

Sur ce, avisant un petit logis propret, accosté d'un courtil plaisant, ceint de claies vertes où s'épanchaient la vigne et le chèvrefeuille, frère Paul se jeta d'un saut dans le jardin, cueillit de ses mains une laitue, s'assurant bien qu'il la tirait de bonne terre. — Cette fois, s'écria-t-il, nous mangerons des légumes comme Dieu les fait.

Et entrant dans la maison :

— Tenez, la femme, vous allez nous éplucher bien proprement cette laitue et nous l'étaler gentiment dans un plat. Avez-vous du pain frais? Et votre vin? Je le soupçonne : quelque piquette franche ; mais nous y mettrons de l'eau. Dépêchez ; vous servirez le tout sans cérémonie, sous cette tonnelle.

Un pareil régal fut bientôt prêt, et nos gens, mis en appétit par l'exercice, l'air du matin et la vue joyeuse de la campagne, firent honneur au festin. Ils oublièrent même de mettre de l'eau dans le vin, qui n'était que du clairet fort aigre ; mais, selon frère Paul, ce goût naturel valait mieux que tous les vitriols de Dumarsouin. L'oncle Scipion avoua qu'il n'avait pas fait un meilleur repas depuis qu'il avait quitté la Savoie.

Quand ils eurent fini, ils demandèrent leur chemin à l'hôtesse, et s'en retournèrent gaiement. Frère Paul se trouva même de si belle humeur, qu'il supplia l'oncle Scipion de lui siffler l'air de galoubet dont les pâtres de leur vallée ramenaient les vaches le soir. Cette musique faisait couler les larmes de l'oncle Scipion, qui se vit tout à coup transporté en esprit au milieu de ses belles montagnes ; mais il fut rappelé à la triste réalité par une de ces vives tranchées qui l'incommodaient depuis son arrivée à Paris. A peine en eût-il dit un mot, que frère Paul s'écria :

— Ouf! nous sommes certainement empoisonnés, car dans ce moment même je sens comme un millier de bêtes qui me dévorent l'estomac. Le mal date-t-il de ce matin ou des jours précédents? Je n'en puis plus. Allons consulter un médecin.

— Je le veux bien, dit l'oncle Scipion en tenant son ventre à deux mains. — Ah! reprenait frère Paul, j'ai bien peur, notre oncle, que nous ne laissions le meilleur de nos os dans ce malheureux pays.

Comme ils venaient de rentrer en ville, ils demandèrent le logis d'un bon médecin. Heureusement le docteur n'était point encore sorti.

Frère Paul prit la parole, et lui expliqua comme quoi, étant d'une santé robuste et bien portants d'ordinaire, ils étaient fort incommodés à Paris par leur nouveau régime alimentaire; comme quoi, pour s'y soustraire, ils étaient allés déjeuner frugalement à la campagne, et s'en trouvaient pourtant pire que devant.

— Mais, dit le médecin, qu'avez-vous donc mangé à la campagne? — Une salade! monsieur le docteur; une salade que j'ai moi-même tirée de terre et fait proprement éplucher. — Ah! diable, dit le médecin en hochant la tête, je ne m'étonne plus; et sans doute vous l'avez assaisonnée, votre salade? Vous ne l'avez pas mangée sans huile et sans épices?

— Cela serait tout à fait brouter, dit l'oncle Scipion. — Le cas est grave, dit le médecin, vous vous êtes gorgés de substances vénéneuses! vous avez mangé de l'huile : mais nos marchands donnent de l'huile de pavot pour de l'huile d'olive, et vous savez que le pavot est un poison.

L'oncle Scipion pâlit.

— Rassurez-vous, dit le docteur, c'est ici matière à contestation, et l'on assure que l'huile de pavot n'a rien des propriétés nuisibles de la capsule du pavot; mais vous avez avalé du vinaigre, et le vinaigre est mélangé d'acide sulfurique, ou, si vous aimez mieux, l'huile de vitriol. — Du vitriol, répéta frère Paul. — Ah! dit l'on ie Scipion, que n'avons-nous mangé la laitue toute crue avec un peu de sel et de poivre!— Le sel! monsieur, dit le médecin : ce sel que vous avez mangé est mêlé d'iode, qui est encore un poison, et de sulfate de chaux ou plâtre tamisé, qui donne la pierre. — Otez-vous de là! s'écria frère Paul, je vais éclater comme une bombe, car le poivre, sans doute, n'est que de la poudre à canon. — Non, dit le médecin, mais seulement de la terre d'Auvergne. Sans compter que vous avez bu, sans doute, de ces petits vins du pays qui sont étendus de litharge, et que vous avez mangé du pain falsifié par divers procédés; mais rincez-vous seulement les dents à cause du vitriol qui en ôte l'émail, et je vous ordonnerai un purgatif pour le reste. Il ne faut plus manger de salade. — Non, dit frère Paul, nous ne mangerons plus que des médicaments. — Ne vous y fiez pas, dit le médecin; les pharmaciens ne laissent pas d'altérer aussi leurs formules. Tout marche avec le siècle; et par exemple ils glissent dans le quinquina, dans les sels de sulfate de quinine, de la poudre d'écorce de chêne et d'autres mélange de ce genre.

Frère Paul se jeta aux genoux du médecin.

— Monsieur le docteur, je ne passerai pas grand temps dans ce pays, Dieu le veuille; mais, au nom du ciel, donnez-moi les moyens de m'en tirer sain et sauf. Comment échapper à ces poisons, à ces pilleries? — Rien n'est plus facile, dit le docteur; êtes-vous chimiste? — Non, dit frère Paul. — Ou du moins physicien? — Non. Ni vous non plus, je m'assure, père Scipion. — C'est fâcheux, dit le docteur; car, étant chimiste, vous auriez à votre disposition tous les réactifs, et la physique vous fournirait des instruments pour démêler certaines fraudes. Voici pourtant quelques indications pour le commun usage: rien n'est plus aisé que de découvrir les doses de sulfate et d'acide sulfurique dans le vin, le vinaigre, le sel de cuisine; il ne faut qu'un peu de nitrate de baryte; et comme on met aussi de l'alun dans le vin, on peut s'en assurer facilement en précipitant l'alumine par l'ammoniac, après avoir, au préalable, décoloré la liqueur par le chlore.

Frère Paul, la bouche béante, tenait les yeux fixés sur le médecin.

— Et que devient mon vin? dit-il avec sollicitude. — Il n'est plus bon à boire; mais l'alun vous reste, et vous pouvez faire un procès au marchand. — Nous voilà bien rafraîchis, père Scipion! — Pareillement, dit le docteur, l'iode vous signalera la présence de la fécule dans le lait, qui, de blanc qu'il était, devient, par cette expérience, d'un beau bleu-ciel. La fécule, à son tour, démasque l'iode dans le sel de cuisine; et si vous voulez reconnaître l'alcali réel dans la soude et dans la potasse, l'alcalimètre est un instrument fait exprès. — L'alca..... — L'alcalimètre; on trouve cela partout. — Fouillez-vous donc, père Scipion, ne l'auriez-vous pas sur vous? Pour moi, je veux être scié en deux si jamais j'en ouïs parler. — Les acides nitrique et hyponitrique, poursuivit le médecin, trahissent dans les huiles d'olives la présence de l'huile de pavot qui en retarde la solidification, et de même l'hydrogène sulfuré ou acide sulfo-hydrique vous fera sauter aux yeux les oxydes et les sels de plomb introduits dans le vin, dans les dragées qu'on donne aux enfants, et qui les empoisonnent quand ils ont été bien sages. L'ammoniac qui, toutefois, peut asphyxier celui qui s'en sert, vous servira utilement à découvrir les oxydes et sels de cuivre dont la fruitière

colore vos cornichons. Voulez-vous distinguer aussi les diffé-
rentes cristalisations des sucres de canne et de pomme de terre?
prenez simplement un microscope. Vous avez pour décomposer
le lait un instrument fort commode, qui est le galactomètre.
La machine électrique vous offrira un sûr moyen de décomposer les huiles ; et comme les marchands vous vendent de prétendues flanelles dont la chaîne est coton, et qui, par consé-
quent, ne valent rien pour des rhumatismes, faites-moi bouil-
lir ces tissus dans une dissolution de potasse à douze degrés,
le coton demeurera intact, et la laine se dissolvant ne sera
plus que du savon. — Oh! ajouta le médecin essoufflé, tout
est plein de falsifications; mais chacune a son antidote : l'industrie a créé des ressources immenses. — Et il ne reste rien
de l'étoffe? poursuivit l'oncle. — Du savon, vous dis-je. —
En ce cas, dit frère Paul, ma culotte est toute propre à vous
faire la barbe, car elle est sûrement falsifiée. — Mais, dit
l'oncle Scipion au docteur, il faudrait un chameau pour porter tout l'appareil que vous dites là, et cela n'est point commode quand on va boire chopine. — Serviteur, ajouta fr re
Paul, serviteur, docteur, grand merci de vos bons avis. —
Cet homme est fou, dit-il à l'oncle Scipion dans l'escalier.

Ils sortirent, et quand ils furent dans la rue, frère Paul,
s'arrêtant tout à coup, s'écria en sortant de ses réflexions :

— Notre oncle! je ne vois, moi, qu'un préservatif contre la terrible industrie de ce pays, c'est la diligence ou deux
bons chevaux. — Oui, dit l'oncle, mais j'ai des mesures à
garder avec mon neveu, qui a si bon cœur. — Un homme
qui empoisonne le peuple des colonies! Je vous dis qu'il a le
cœur aussi faux que ses pacotilles. — Tu te trompes, frère

Paul. Il est certain que le peuple français a fait de grands progrès; et s'ils sont contestables dans l'ordre physique, je ne doute pas qu'ils ne soient avérés dans la morale.

Ces grands mots embarrassaient frère Paul; il se tut. Ils retournèrent le soir chez M. Dumarsouin, qui leur fit assez froide mine, se trouvant déçu dans ses espérances sur la fortune de l'oncle Scipion, et confus d'avoir fait tant de frais pour si peu de chose.

Il n'y eut donc ce soir-là ni souper ni fête; mais l'oncle Scipion ne s'aperçut point de ce refroidissement, tant il était occupé de ce merveilleux éclairage qui l'avait tant frappé la première fois. — Il me semble, dit frère Paul, que votre neveu nous bat bien froid ce soir. — Il a tant d'affaires, dit l'oncle.

Ils montèrent et se souhaitèrent le bon soir sur le seuil de leurs portes.

Après les fatigues d'une telle journée, l'oncle Scipion s'endormit comme un loir, et frère Paul ne lui cédait guère; mais à peine étaient-ils plongés dans les douceurs de ce premier sommeil, qu'une explosion pareille à celle d'une poudrière qui saute ébranla la maison jusque dans ses fondements. Les deux dormeurs bondirent dans leur lit comme des volants sur une raquette; et voyant une grande clarté se réfléchir sur les maisons voisines, frère Paul, retombé en son séant, s'écria :

— Le chemin de fer passe ici près, nous sommes perdus !

Puis ils entendirent de grands cris, et, s'habillant à la hâte, ils rencontrèrent dans l'escalier Dumarsouin et ses gens éperdus; Dumarsouin s'écriait :

— C'est une perte de 20,000 fr. ! — Eh quoi donc? disait l'oncle. — Le gaz vient d'éclater. — Le gaz ! dit frère Paul.

Ils descendirent. Les vitres, les meubles, les glaces, tout avait volé en éclats dans le magasin, tous les murs étaient noircis par les flammes. — Quoi! c'est la lumière de ces beaux quinquets qui a fait ce dégât? disait l'oncle Scipion. — Oui, répliqua Dumarsouin; cet imbécille commis a oublié de fermer un petit trou; et le gaz, dont les conduits se répandent dans toute la maison, a éclaté comme ferait une mine. — Et nous couchons sur une pareille machine! s'écria l'oncle Scipion. — Et si l'on oublie de fermer un petit trou, dit frère Paul.... Notre oncle! je ne veux point seulement me rhabiller: allons coucher à l'auberge.

Mais on leur fit entendre que, le gaz ayant éclaté, il n'était plus à craindre, au moins pour le moment, qu'il éclatât de nouveau; et d'ailleurs Dumarsouin ne s'occupant guère de ses hôtes au milieu d'un pareil désastre, ils remontèrent tout tremblants dans leurs chambres; mais là frère Paul s'écria:

— Notre oncle! vous savez si je vous aime, mais je vous tiens pour fou si vous restez ici; et comme, si vous étiez fou, je n'y saurais que faire, je vais tout bellement demain matin reprendre le chemin de chez nous. Vous me suivrez si vous le jugez convenable. — Je suis bien de cet avis mon ami; mais il faut voir. — C'est trop vu. — Eh bien! soit, la nuit porte conseil, dormons; nous aviserons demain.

Dérangés de leur premier sommeil, ils y retombèrent plus lourdement, et si lourdement qu'ils ne s'éveillaient point, le matin venu. — Sur les neuf heures, un domestique monta chez eux. — Eh quoi! dit-il, messieurs, vous dormez encore; on ne vous a donc point avertis? — De quoi? dit l'oncle en bâillant. — J'ai pris sur moi de vous déranger, et vous m'excuserez, dit le domestique, car la chose en vaut la peine. — Parlez donc, dit frère Paul. — Eh bien ! monsieur, par suite de l'événement de cette nuit, l'architecte a donné le conseil de quitter vite la maison, dont les fondements ont été endommagés par l'explosion, et qui pourrait bien s'écrouler. — Ah ! mon Dieu, c'est vrai, elle est neuve ! s'écria l'oncle. — Oui, dit le domestique, et cela est si peu solide, si vite fait, on a tant raffiné sur la manière de bâtir que l'œil est ébloui, et ce n'est que sable et poussière.

Mais l'oncle Scipion et frère Paul, leurs habits sous le bras, couraient sans l'écouter d'étage en étage. Déjà des craquements se faisaient entendre. Ils ne s'arrêtèrent que dans la maison voisine, où ils trouvèrent Dumarsouin qui se lamentait au milieu d'un concours de personnes.

A peine ils étaient là que la catastrophe eut lieu ; et ce fut une horreur sans pareille de voir s'abîmer les murs et les charpentes avec un bruit inimaginable et une poussière qui couvrit tout le quartier de ténèbres.

Dans le silence qui suivit cette scène lugubre, frère Paul, pâle, oppressé, se jeta involontairement au cou de l'oncle Scipion, puis joignit les mains, témoignant assez par ce transport muet la grandeur du péril auquel ils venaient d'échapper.

— Ah ! mon ami, dit l'oncle Scipion en pleurant, voilà qui me décide, nous allons partir. Je trouve d'ailleurs, ajouta-t-il, que c'est un procédé bien cavalier de la part de mon neveu de ne nous avoir point fait avertir plus tôt.

Enfin, saisissant un moment de répit dans ce grand trouble où l'on était, il s'approcha de Dumarsouin :

— Eh bien ! mon neveu, lui dit-il d'un air d'affliction, nous voilà donc chassés de chez toi? — Que voulez-vous que j'y fasse? répliqua l'autre. — Au surplus, nous avions déjà résolu de partir. Le climat ne nous est pas bon, et ce dernier événement, à mon grand regret, nous décide à nous séparer de toi. — Bon voyage!

L'oncle Scipion, outré de ce ton malhonnête, ne trouva rien à répondre; mais frère Paul lui vint en aide.

— Bon voyage, soit, monsieur le neveu; mais, à cet effet, vous nous rendrez bien notre argent, dont nous avons besoin. — Votre argent! dit Dumarsouin, quelques misérables louis! — Qu'importe? dit l'oncle Scipion; moins la somme est forte, et plus elle nous est nécessaire. — Avez-vous bien le cœur de me parler d'affaires en présence de ce malheur qui m'arrive? s'écria Dumarsouin d'un air tragique. Eh bien! monsieur, votre argent est perdu; allez le demander au gérant : l'entreprise a échoué. — Il est perdu! s'écria l'oncle Scipion.

Frère Paul, consterné, pencha la tête.

— Sortez! dit Dumarsouin, je ne saurais vous supporter plus longtemps. Je vous attends devant les tribunaux. Joseph! Bertrand! qu'on me chasse ces misérables.

Plusieurs hommes coururent sur eux, et frère Paul s'apprêtait à les recevoir chaudement; mais l'oncle Scipion le retint, en sorte qu'ils furent chassés à grandes bourrades. — Eh bien! notre oncle, dit frère Paul, vos progrès moraux, qu'en dites-vous? Ne valent-ils pas les progrès physiques? Votre neveu n'est qu'un voleur comme tous ceux de sa bande, et vous ne verrez jamais votre argent. Il me reste heureusement quelque monnaie en réserve au fond de mon escarcelle. Nous allons prendre la diligence. — Quoi! cette infernale machine qui nous a failli tuer? dit l'oncle effrayé. — Dieu me préserve d'y songer; je parle d'un simple coche à quatre roues. — Non, frère Paul, nous irons à pied; c'est plus long, mais plus sûr. Me voilà guéri de mes illusions. — Soit, mais faisons vite. Nous irons coucher ce soir à deux lieues d'ici, et si Dieu permet que nous revoyions jamais notre vallée, je me charge, à votre petit bien, de vous y faire vivre comme un prince.

Aussitôt fait que dit, ils se mirent en route, en causant, pour charmer les premiers ennuis d'un si long voyage, des jambons frits de Catherine, et du bon lait qu'elle faisait cailler, et du bon vin blanc du coteau, et du bon air qu'on respirait à la promenade de l'Ermitage.

Ils mirent six mois trois semaines cinq jours sept heures et dix-huit minutes à faire le trajet de Paris au col du Nord, qui était l'entrée de la vallée; mais il faut dire qu'ils arrivèrent parfaitement sains et gaillards, sauf un durillon qui poussa dans la paume de la main de frère Paul par le frottement du bâton de voyage : cela ne fut rien.

Le premier qui les vit poussa un cri montagnard qui retentit du pic de l'Anglais à l'aiguille des Trois Perles. Toute la vallée vint au devant d'eux, et frère Paul voyant le chien accourir le premier, l'embrassa tendrement en versant des larmes. Catherine trempa de pleurs son tablier, faute de mouchoir. On ne finissait pas de s'embrasser.

Le soir même, cette honnête fille apprêta un de ces bons soupers tant regrettés, où furent conviés les bonnes gens du pays.

— Eh bien! dit frère Paul en s'adressant à l'oncle Scipion, m'écouterez-vous, maintenant? Passez-moi de ce bon vin qui n'a point fait de progrès, dont bien nous prend, et à votre santé.

On but à la ronde.

— Et dis-moi, Catherine, reprenait frère Paul, tu n'as point perfectionné tes jambons? Passez-m'en donc une tranche.

Et comme on voyait l'oncle Scipion pleurer de joie, on le questionna; il ne pouvait répondre. — Voyez-vous, dit frère Paul, c'est qu'on a tant fait de progrès, tant perfectionné, tant amélioré toutes choses dans le pays d'où nous venons, on y est si savant et si raffiné, tout y est porté à un tel degré d'industrie, qu'on a failli plus de cent fois nous rompre les os. Mais, ajouta-t-il, l'oncle Scipion vous dira cela mieux que moi. Pour ma part, je n'ai plus envie que d'aller me coucher dans mon pauvre lit, où je dormais si bien; et comme la maison est anciennement bâtie par des ignorants, il est probable, malgré le vent qu'il fait, qu'elle ne s'écroulera pas. Trinquons!

EDOUARD OURLIAC.

# LE CAPITAINE TRICORNE.

## SOUVENIR D'ÉMEUTE.

C'était en 1832; le général Lamarque venait de mourir, et cette mort, qui, en tout autre circonstance, eût affligé seulement quelques-uns de ces vieux débris de l'ancienne armée qui avaient combattu sous ses ordres, cette mort, grâce aux exactions du nouveau pouvoir qu'on voulait ébranler par tous les moyens, acquit une importance que l'actualité seule pouvait lui donner. On ne manqua point de faire sonner bien haut ce titre de maréchal de France que l'empereur lui avait légué en mourant. Tout ce qui restait encore d'officiers et de soldats des Cent-Jours, vint se rallier autour de ce cercueil qui renfermait une dernière souvenance, un dernier reflet de gloire; et le nom de ce loyal compagnon de Napoléon dut servir, ce jour-là, de prétexte et de drapeau à une entreprise qui n'était pas appelée à réussir.

A Dieu ne plaise que je vienne ici ternir l'éclat qui environne la mémoire de Lamarque, comme il a décoré sa vie! La Pologne et la Vendée, ces deux filles de la France, si mal comprises par leur mère, seraient là pour défendre et justifier sa bravoure et sa modération. Mais il est constant que le parti démocratique abusa bien vite du nom de ce soldat qui s'était fait tribun, et que Lamarque lui-même n'eût pas approuvé les excès qui signalèrent ses obsèques. Les factions ont une merveilleuse propension à s'attacher à tout ce qui flatte leurs prévisions, et la tombe de Lamarque était, selon les conjurés d'alors, un ond assez solide pour recevoir l'ancre de toutes leurs espérances, qu'ils ne manquèrent pas d'y jeter. La politique d'alors y voulut mêler le parti légitimiste : c'est une accusation dont l'histoire a déjà fait raison.

Le 5 juin était le jour fixé pour les funérailles : les partis se rappelèrent, ce jour-là, qua la mort de Casimir Périer avait fourni au pouvoir l'occasion d'un dénombrement *injurieux*, suivant l'expression de l'auteur de l'*Histoire de dix ans*, et tous brûlaient à leur tour du désir de se compter

L'enterrement de Lamarque était une merveilleuse occasion de réunion : les bonapartistes devaient nécessairement concourir, par leur présence, à la dernière marche triomphale d'un de ses héros qui les avaient guidés à la victoire, et les républicains ( de la veille, ceux-là! ), toujours avides de changement et d'émeute, auraient cru manquer à leur mission s'ils ne fussent venus, comme toujours, essayer de secouer leur incorrigible drapeau sur cette tombe que le peuple entourait.

Le gouvernement, averti de ce vaste complot, dont, au reste, les membres de la *Société des Droits de l'Homme*, des *Amis du Peuple* et du *Comité Gaulois* ne faisaient pas un mystère, prit toutes les précautions nécessaires.

Ici, Messieurs, je vais laisser parler l'officier de mes amis qui fut acteur dans cette scène, et qui m'a raconté les détails que j'ai l'honneur de vous transmettre :

« Pendant toute la journée du 5 juin, le 5e lanciers, mon régiment, avait été consigné, et tous, sous les armes, nous étions prêts à monter à cheval au premier ordre. De quart en quart-d'heure arrivaient des ordonnances qui rendaient compte de ce qui se passait sur le théâtre de l'émeute. Déjà nous avions appris que trois dragons du 6e avaient été blessés au pont d'Austerlitz ; que leur colonel avait eu un cheval tué sous lui à l'Arsenal ; que le capitaine Briqueville venait de recevoir une balle ; que quelques casernes étaient investies, et que les insurgés avaient arraché lenrs armes à plusieurs soldats. Hélas! comme Français, nous gémissions en prévoyant que, tout à l'heure sans doute, il faudrait nous défendre contre une semblable attaque; mais, il faut bien l'avouer, comme soldats, nous savions que nous avions à soutenir le nom et le numéro de notre régiment : nous savions qu'un étendard, quelle que soit sa couleur, est un palladium qui ne doit jamais quitter ceux qui l'ont adopté, et que, quelle que soit encore la main qui le touche, elle devient une main ennemie qu'il est permis de trancher et d'abattre : la gloire repose souvent sur de pareils mobiles, et c'est sur une pointe d'aiguille que s'équilibrent les destinées des empires.

» Enfin, à six heures du soir, on sonne à cheval au quai d'Orsay, et, un quart d'heure après, nous étions en colonne serrée dans la rue Saint-Martin, maudissant la consigne qui nous imposait l'immobilité sous le feu d'une barricade placée à trois cents pas de notre front. Il paraît que c'était un système du maréchal, qui pensait ramener les masses par l'apparence de sa magnanimité.

» Une colonne d'infanterie nous dépassa bientôt au pas de charge; les tambours battaient, notre colonel commanda au trot...... puis au galop; nos trompettes sonnèrent la charge; quelques

balles sifflèrent à nos oreilles, une décharge épou-
vantable ébranla toute la rue Saint-Martin, et,
sans que je puisse jamais m'être rendu compte
de notre passage, je me trouvai, avec tout mon
régiment, de l'autre côté de la barricade, que
nous avions franchie sur les pas de l'infanterie
qui nous avait fait le pont.

» Hourra, je n'étais pas mort : c'était tout ce
que je demandais, et, ma foi! dans ce moment-
là, je comprenais le bonheur de la bataille! C'é-
tait beau d'être à cheval, ferme sur ses étriers;
le sabre au poing, exalté par l'odeur de la poudre qui fume encore à vos pieds, sous la clarté
flamboyante des torches et des incendies qu'on
éteint...... Oh! c'est beau pendant cinq minutes,
car, après!..... Après, hélas! on se prend à rouler des larmes sous sa paupière, lorsqu'on est re-
froidi tout-à-coup par cette pensée cruelle et
décevante : Ce sont des frères, des citoyens que
tous ces cadavres!....

» Oh! je fus tenté plus d'une fois, dans ces
jours de bouleversement social, de briser la lame
de mon sabre sur le pavé de cette ville française
que nous traitions en pays conquis; mais il y
avait une excellente raison pour que je ne pusse
pas le faire : c'est que *nos frères* avaient déra-
ciné ce pavé, dont tous les schakos et képis français portaient plus ou moins l'empreinte....... On

criait : *Vive la ligne!* et quand nous approchions pleins de confiance, ces *amis*, comme l'ours du bon Lafontaine, nous prouvaient leur dévouement à coups de pavés. Il n'y a pas de patriotisme qui tienne à de telles manifestations d'amitié populaire. J'ai lu bien des carrés de papier qui déclamaient alors contre nos prétendues cruautés; j'aurais voulu voir leurs rédacteurs, dans la rue Saint-Martin, recevant sur le dos un piano d'Erard tombant du troisième, comme cela est arrivé à un peloton de dragons qui nous éclairait.

» Nous avions donc franchi la barricade; et comme l'ordre de bataille avait été un peu beaucoup dérangé dans cette espèce de *steeple chasse*, je me préparais à aller reprendre ma place de serre-file, que ma bonne jument n'avait pas jugé à propos de conserver, lorsque je faillis recevoir la plus belle ruade que jamais ait menacé cavalier français. Je me retournai brusquement, préparant le plus gros juron qui ornait alors mon vocabulaire militaire; mais à ma colère succéda un de ces rires inextinguibles dont parle le divin Homère : figurez-vous un individu en soutane, en rabat, en tricorne, bréviaire sous le bras, tout cela à cheval au milieu d'un régiment de lanciers! Figurez-vous un bon, gros, gras et resplendissant curé, se débattant vainement pour échapper à cette horrible mêlée qui suit le combat : un véritable Rabelais, tremblant, maugréant, se signant, et bombardant de coups de talon les flancs de sa chétive monture; tout cela avait fait avec nous le saut de la barricade, à travers les balles et les pavés citoyens!

» Je saisis l'animal par le mors, et j'entraînai notre allié derrière mon peloton.

» — Où diable allez-vous, mon révérend? lui dis-je.

» — Hélas, *mon général*, s'écria-t-il, l'œil trop troublé pour apprécier mes insignes de lieutenant.... hélas! j'allais vous le demander... Quelle horreur, *bone Deus!* quelles litanies sanglantes! C'est l'abomination de la désolation prédite par Jérémie!

» — Mais, enfin, comment êtes-vous là, mêlé à nos charges et mousquetades?....

» — Ecoutez, fit-il, après s'être un peu calmé, le démon n'est pas pour peu dans tout ceci. J'étais venu, ce matin, à Paris, pour acheter quelques ornements d'église; tout à l'heure, effrayé par tout ce qui se passe dans cette babylone maudite, je résolus de partir à la faveur de la nuit, pour retourner à M......, où je suis desservant. Comme il n'y a que deux lieues à faire, j'avais enfourché tant bien que mal cet horrible animal, qu'un de mes cousins m'a prêté. Il fut assez docile jusqu'au *carré Saint-Martin;* mais là, au bruit lointain de la fusillade et des trompettes, il prit le galop malgré moi, et vint se jeter au milieu de votre régiment, m'emporta vers la barricade, et la franchit comme s'il n'avait jamais fait d'autre métier.

» — Parbleu! m'écriai-je, cela devait être; voyez, votre bucéphale a l'oreille fendue, et c'est un ancien serviteur du roi; de plus, penchez-vous à gauche, et vous verrez distinctement sur sa cuisse deux lances croisées, surmontées d'un L couronné. Ce cheval a appartenu au régiment, qui l'a fait vendre par l'intendance, avec ses compagnons de réforme. Cela ne m'étonne plus. Quand on a servi, homme ou cheval sont toujours électrisés par la trompette; Virgile l'affirme. Voyons, tâchons de vous dégager de là. »

En ce moment un *garde à vous!* puissamment articulé, partit de la bouche du colonnel. On sonna au trot, et la colonne fila bientôt au galop vers la porte Saint-Antoine, où l'on tiraillait encore. Le curé eut beau faire, son cheval suivit le mouvement et se comporta en digne retraité, qui se souvient de l'activité. Son cavalier ne put que se pendre aux rênes, et invoquer mentalement la protection du Dieu des armées, qui le favorisait alors plus qu'il n'aurait voulu.

A hauteur du *Château-d'Eau*, nous fûmes accueillis par une fusillade des mieux nourries; et je me rappelle le mot d'un lancier, qui disait en bourrant son pistolet :

— Il n'y a rien à réclamer; c'est juste! Nous devions nous attendre à être arrêtés...... c'est le *quartier de Bondy!*

Le pauvre diable, si facétieux sous les balles, fut tué à vingt pas de là.

Le curé tremblait tellement, que je crus qu'il allait vider les arçons; et, ma foi, ç'eût été fait de lui, car le peuple, le bon peuple d'alors avait déjà hurlé sur son passage : *A bas la calotte!...* Plus loin, des femmes du faubourg avaient crié que nous étions commandés par le clergé, et que les jésuites étaient à la tête de l'armée.

Pauvre curé, il était bien à la queue.

J'appris plus tard que cette idée lumineuse avait été exploitée par les émissaires du comité-directeur, et qu'un fort beau discours avait été prononcé dans les clubs sur la participation du *parti-prêtre* dans toute cette affaire.

A la porte Saint-Antoine l'émeute était formidable. La défense du peuple y était acharnée : des femmes, des enfants prenaient part au combat; j'ai vu un gamin de neuf à dix ans se glisser sous le ventre d'un cheval, lui enfoncer son couteau dans le poitrail, et s'enfuir à travers une grêle de balles, sans être touché; puis disparaître à l'angle d'une rue, après avoir fait, avec ses deux mains allongées au bout de son nez, ce geste moqueur adopté par les gamins de Paris qui viennent de faire une farce.

Le curé, atterré, ne savait à quel saint du paradis adresser sa prière; son tricorne était renversé sur le derrière de sa tête, et je voyais que souvent il y portait la main pour le remettre en équilibre. Je m'approchai pour le calmer et l'encourager, lorsqu'il me dit :

— Je commence à avoir moins peur; je m'habitue à tout ce fracas; mais j'ai des tintements d'oreilles qui m'importunent à tel point, que j'en perds la tête; j'entends continuellement un bruissement qui me porte sur les nerfs. C'est intolérable!

— Eh mais! répondis-je, ce tintement n'est autre chose que le *flou* des balles; et, quant à la tête, on peut la perdre à moins, car votre tricorne est criblé.

— C'est donc çà qu'il tombe toujours en arrière, répondit ingénument ce bon et simple prêtre, qui faisait alors un mot sublime sans s'en apercevoir.

Un lancier, frappé d'une balle, tomba en ce moment à nos côtés. Alors le prêtre me supplia de l'aider à mettre pied à terre. Je compris qu'il avait peur et qu'il cherchait à se cacher dans les rangs du peloton. La chose était si naturelle que je contins son cheval, et le donnai à un cavalier qui enrêna la bride à sa courroie de guindage. Mais, au milieu des balles, sous les pieds des chevaux frémissants, dans le tumulte d'un horrible combat, je vis l'homme de Dieu, soulevant le moribond, lui dire à l'oreille de ces paroles sacrées que le ciel a confiées à ses ministres. L'émeute grondait et roulait autour de nous; elle nous enserrait de ses vagues furieuses, et là, au sein de cette mugissante tempête humaine, un seul homme était calme et digne : il aidait à bien mourir le pauvre soldat qui murmurait le nom de sa mère absente!

Quelques minutes après, le soldat mort, le prêtre, se frayant un passage dans tout ce pêle-mêle de combattants, vint réclamer son cheval, le monta et reprit son rang à mes côtés. Dès lors, sa frayeur avait fait place à un sentiment surnaturel : il était calme, impassible, et il me parut grand dans cet instant sublime; puis, comme j'entendais toujours siffler les balles, ce fut à mon tour de le supplier de se dérober à un péril aussi imminent.

— Oh! me dit-il avec douceur, maintenant, je dois rester, je me suis souvenu de ma mission. Moi aussi, je suis soldat, soldat de celui qui donne sa vie pour ses brebis, et je ne déserterai pas mon poste. Ne faut-il pas que je sois là pour bénir à l'heure suprême ceux que Dieu rappelle à lui?

Dès lors, les soldats, qui d'abord avaient ridiculisé ce pauvre homme, dont tous les membres tremblaient si fort, se disputèrent l'honneur de l'escorter et de le protéger; lorsque nous chargeâmes l'émeute, j'entendis un brigadier lui crier :

— Derrière moi! derrière moi! M. le Curé..... Je suis plus grand que vous, et on tire à hauteur d'homme!

— Laisse faire, répliqua un autre, ces poitrines-là, c'est sacré : les balles n'y touchent pas, et ça porte bonheur à un régiment!

Enfin, vers minuit, nous pûmes respirer et nous camper sur le boulevard Poissonnière. Le colonel vint saluer l'apôtre qui, par trois fois, avait aidé aux lanciers à mourir bénis et consolés, et cela quand, au milieu de la fusillade, nul de nous, hommes de guerre, n'aurait été sans frayeur s'il se fût agi de mettre pied à terre et de soulever froidement un agonisant, auquel nous devions peut être succéder bientôt. Je l'escortai avec une patrouille de trente cavaliers jusqu'au faubourg Saint-Denis, qui, du reste, était échelonné par ligne, et, à la barrière, je lui serrai la main et lui dis adieu.

— Oh! non, pas adieu, fit le brave curé; mais au revoir, car je vous reverrai.

— Peut-être là-haut, répondis-je, en pensant que lutte devait recommencer le lendemain.

Il n'en fut pas ainsi, grâce à Dieu; et, pendant deux ans que je restai en garnison à Paris, jamais je n'ai laissé passer le 5 de chaque mois sans aller promener ma bonne jument jusqu'au village de M...., où le cher curé, après sa messe, dite ce jour-là pour le repos des braves qu'il avait vus mourir, aimait à causer avec moi de sa campagne du 5 juin 1832. Ce jour-là, Marguerite, le sexagénaire cordon-bleu du presbytère, avait fort à faire dans la cuisine. Je la vois encore, les manches retroussées, son tablier blanc orgueilleusement étalé, procéder aux hautes exhibitions de son répertoire le plus dominical. Elle recrutait, dans ces grandes circonstances, tout le clergé de la paroisse : le magister, en sa qualité de savant, était appliqué au plumage de l'oie et du canard; le premier enfant de chœur avait la haute. surveillance du tourne-broche; le reste, menu fretin de la sacristie, allait abattre les cerises ou les noix dans le verger, selon la saison, et Dieu sait combien de plats en étaient avalés avant qu'il nous en arrivât une assiette! Le bon curé les voyait faire à travers le rideau blanc de son petit salon : il était aux anges; à chaque cerise qui passait entre ces lèvres aussi vermeilles qu'elles, et il me disait en riant ·

— Pourvu qu'ils ne s'en accusent pas à confesse; car je serais forcé de leur dire qu'ils ont bien fait, et de leur donner l'absolution par-dessus le marché.

Lui aussi venait fréquemment nous demander à dîner à notre pension, et lorsqu'il arrivait, aucun des officiers n'oublia jamais de se lever à son approche, et de lui serrer cordialement la main. Quant aux lanciers, ils lui rendaient les honneurs du salut militaire, et les factionnaires lui portaient la lance, prétendant qu'il avait bien gagné ses épaulettes. On ne l'appelait au régiment que le *Capitaine Tricorne*, et certes le souvenir de ce chapeau, d'ordinaire si pacifique, était aux yeux de tous un bon et noble certificat de bravoure et de dévouement. Ce tricorne, criblé de balles, était toujours au presbytère, où son maître l'avait glorieusement accroché à un clou doré de la salle à manger, entre un portrait du roi Louis XVI et une suave gravure représentant le Christ ressuscitant Lazare.

Voilà ce que le comte de S....., ancien officier de lanciers, me racontait il y a sept ou huit ans. J'avais oublié cette simple histoire, qui pourtant m'avait alors fort intéressé. M. de S...., il est vrai, la racontait avec son cœur, et elle acquerrait, en passant par sa bouche, un charme qu'elle doit nécessairement perdre en passant par ma plume. Mais, il y a deux jours, lorsque j'arrivai au château de *M. le chevalier de Bois-Civry*, mon parrain, comme vous savez, quelle fut ma joie en retrouvant mon ancien ami, le comte de S..., qui était en Allemagne depuis cinq ou six ans!... Quand j'entrai dans le grand salon, je l'aperçus qui se promenait dans l'avenue du parc, qui, vous vous le rappelez, fait face à l'ogive du vestibule. Il marchait, bras dessus, bras dessous, avec le vieux curé que vous connaissez, et qui, depuis dix ans, est attaché à la paroisse du chevalier. Sans entendre ce qu'ils disaient, il était facile de voir, à l'animation de leurs gestes, que c'étaient là deux vieilles connaissances, heureuses de se retrouver après une longue absence.

— Eh! vous voici, très-cher! s'écria le comte, aussitôt qu'il m'aperçut en rentrant au salon. C'est le jour aux reconnaissances. Vous souvenez-vous de mon brave curé de M....? de ce courageux soldat du Christ, de cet humble prêtre, dont je vous ai raconté la touchante histoire?....

Et comme le pauvre curé lui adressait un regard suppliant, tout rempli de modestie humaine et d'humilité chrétienne :

— Mon ami, fit le comte en prenant le curé par la main, j'ai l'honneur de vous présenter *M. le Capitaine Tricorne.*

— Capitaine Tricorne!..... Qu'est-ce que c'est

que ça? exclama monsieur le chevalier, en sautant, malgré sa goutte, dans son grand fauteuil d'Utrecht. Capitaine Tricorne!..... Voilà un nom que je n'ai jamais vu sur l'*Annuaire*. Après ça... en République!....

Le comte s'assit près du chevalier, prit les pincettes et remua les grosses souches d'orme qui pétillaient dans l'âtre; puis il raconta de nouveau son histoire, tandis que le pauvre curé, saisissant son bréviaire, s'esquivait doucement par la porte de la bibliothèque.

— Il a fait cela!.... s'écria le chevalier:.... Il a fait cela, et voici dix ans tantôt que nous maugréons tous deux à qui mieux mieux contre tout ce qui se passe depuis dix huit ans, et jamais il n'a mêlé le récit de cette bonne action au récit de tant de mauvaises choses!... Il ne me l'avait pas dit!

— C'est, répondis-je, que les gloires du prêtre ne sont pas de ce monde, et que Dieu seul, qui les récompense, doit les connaître.

— Et je veux qu'on le sache, moi, répliqua le bon chevalier. Ma goutte m'empêchera de le faire; eh bien! écrivez, écrivez : je dicterai.

J'ai donc écrit pour remplir les intentions de M. de Bois-Civry.

GALOPPE D'ONQUAIRE.